EN VENTE ICI

LA
FÉE LIBERTAS
ET SA COUR

CONTE FANTASTIQUE

PAR

ACHILLE POINCELOT

PREMIÈRE SÉRIE. — UN FRANC

Paris. — Typ. de Ch. Meyrueis, rue Cujas, 11.

LA

FÉE LIBERTAS

ET SA COUR

LA

FÉE LIBERTAS

ET SA COUR

CONTE FANTASTIQUE

PAR

ACHILLE POINCELOT

PARIS

<table>
<tr><td>CH. MEYRUEIS, LIBRAIRE
RUE DE RIVOLI, 174</td><td>E. SAUSSET, LIBRAIRE
GALERIE DE L'ODÉON, 12</td></tr>
</table>

LE CHEVALIER, ÉDITEUR, RUE RICHELIEU, 61

1866

LA

FÉE LIBERTAS

ET SA COUR

> Il nous faut du nouveau, n'en fût-il plus
> au monde. La Fontaine.

> L'art nous reste ; on ne peut nous empê-
> cher de le cultiver. H. de Balzac.

I

Certains savants ont découvert, une fois ou deux, que
le centre de la terre est un pays de feu ; mais on ignore
encore que ce pays est habité par des êtres qui ne sont
pas sans ressemblance avec les hommes, bien que, dans
l'antiquité, leur nature ait été machinale, et leur cœur
visible et palpable. Ils possèdent, comme la salamandre,
la faculté de vivre parmi les flammes, et même d'éclai-
rer, en les reflétant. Aussi, entre eux, ils s'appellent *Lu-*

mineux. La dénomination des contrées étranges où ils naissent et vivent, emprunte son étymologie à la couleur des tons variés de leur atmosphère embrasée. Les plus hypothétiques Lumineux sont ceux du *Feu Rouge*, petite réunion de hameaux fédérés, que gouverne, par le seul art d'un certain jeu d'échecs, la fée Libertas, surnommée Coquette, qui a le privilége, grâce aux flots de Jouvence, d'avoir toujours quinze ans. Pourtant elle ne porte pas le titre de reine, d'impératrice ou de czarine. Les plus émancipés, dont l'âge mûr ne ressemble pas à leur enfance, habitent sur le coteau des explosions, le *Feu Diapré*, ou Pays Heureux. Au commencement de l'ère la moins moderne des flammes connues, ils obéissaient docilement à la volonté sainte du Grand-Seigneur, fils du Ciel, Sa Hautesse immortelle, le sultan Hatchim II, dit le Juste et l'Innovateur. Hatchim, c'est du moins notre opinion, fut un audacieux Génie, dépositaire de la vie primitive, que la sagesse du Destin déguisa en monarque, dans un but providentiel. Il était favorisé par le sort d'une stature qui lui permettait de dépasser, superbe, les plus orgueilleuses montagnes. Les Lumineux originaires le proclamaient antiquaire, législateur, chimiste, virtuose, médecin, aéronaute et magnétiseur, car il savait gagner ou perdre une bataille ; et quoi que puissent penser les géologues, qui connaissent la mesure du diamètre terrestre, il n'était permis à ses amis de prononcer son nom, jusqu'à vingt mille lieues autour de lui, qu'en éternuant avec transport et en sautillant par bonds inégaux.

Un jour, avant le déluge, au retour d'une émigration forcée sur un îlot matrimonial, le redoutable géant eut la fantaisie de faire enlever, par des janissaires, la fée Libertas, qu'on amena dans son palais, qui était construit en pierreries de tous les feux, et avait la perspective d'une sphère, à bigarrures étincelantes, que surmonterait une aiguille diamantée. Lorsqu'elle fut devant lui, tremblante, les yeux baissés, et enveloppée d'un laticlave de pourpre, il dit, montrant une bienveillance qui étonna la Fée : « La paix soit avec vous ! Pourquoi donc avez-vous fui les régions enchantées du Feu Diapré, charmante fée que j'aime ?

— Hélas ! sultan Hatchim, parce que vous m'avez invitée à déloger de vos Etats, sur une roue à vapeur, en m'accusant d'être trop coquette, répondit-elle sans négliger de saluer jusqu'à terre, d'éternuer, et de sautiller, avec inégalité, pour se conformer aux exigences légitimes de l'étiquette.

— C'est vrai ; je l'avais oublié, murmura le potentat, ou plutôt le bon Génie, en tortillant sa longue moustache, qui formait un arc-en-ciel. Aujourd'hui, continua-t-il, vous m'inspirez tant d'intérêt que je suis disposé à reconnaître mes torts envers vous. Mon dépit orageux ne fut-il pas, du reste, une preuve d'amour ! J'étais jaloux.

— Vos regrets sont un peu tardifs, répliqua la Fée. Il est vrai que le mal de jalousie est lent à la guérison. Mais pourquoi Votre Hautesse m'a-t-elle fait arracher si singulièrement du séjour où je me suis réfugiée ?

— Par une affectueuse nécessité, ma chère princesse. Je pensais que, vous méfiant de moi, vous ne viendriez jamais à mon appel ; et, comme je désire vous demander une insigne faveur...

— Une faveur à moi, qui dirige, sans m'attribuer aucun salaire, une imperceptible fédération d'escarboucles, est-ce possible? dit la Fée stupéfaite, en interrompant contre l'usage.

— Oui, Fée ravissante; et je vous offre pour reconnaître le service rendu, s'il vous plaît d'écouter ma prière, un empire digne de votre royale beauté, car il est situé dans les nuages. Voulez-vous présider assise le Divan où l'on délibère debout (1)? Serait-il agréable à votre amour-propre de commander aux Parfaits Automates du Levant, mes cent millions de sujets à ressort, qui ont été inventés par un mécanicien inimitable, sous la zone torride des prestidigitations, et que j'ai achetés, moyennant payement en minerai safrané, pour les transformer peu à peu en Génies qui me ressemblent?

— Les sultans du rayonnement, reprit Libertas, frappent ainsi, à leur effigie, les époques avec le sceptre des lois progressives. Mais que deviendrait le bariolage des flammes? Comment! vous abdiqueriez à mon profit la souveraine tutelle du Feu Diapré, le Pays Heureux, qui a la forme d'un triangle?

— Oh! non, reprit le chef suprême; je sollicite seulement l'honneur de vous épouser.

— Ce mariage pourrait vous tuer, Hatchim. Par une certaine ressemblance avec mes compagnes méridionales, je tiens le germe de Félicité dans la main gauche, et la graine du Malheur dans la main droite.

— Je sais, repartit le circonspect directeur de peuple nouveau, que votre regard de houri m'exterminerait, comme un éclair foudroyant, si j'osais vous contempler en face, vers le milieu du jour. Les fées trop aimées sont in-

____

(1) Ce Divan n'est pas une fiction, à Constantinople.

volontairement traîtresses. J'espère donc que vous consentiriez à voiler, en ma présence, à midi, vos yeux si éblouissants, qui sont le chef-d'œuvre de la mécanique lumineuse.

— Je ne porte ni voile, ni masque, répliqua fièrement Libertas. Aussitôt même qu'on me déguise, je disparais par enchantement, loin des amants qui croient m'avoir costumée et enchaînée.

— Il me semble l'avoir entendu dire, balbutia le sultan. Que faudrait-il faire enfin, vierge mystérieuse, pour vous plaire et obtenir votre main gauche ?

— Ce n'est pas à mon inexpérience, Hautesse, de vous expliquer l'énigme du sphinx, ni de diriger votre repentir, qui va être fêté par tous les cœurs ; et je suis assez convaincue, pour ne pas vous demander s'il est sincère. Je me contente de reconnaître que, si nous ne sommes pas unis par un lien indissoluble, sous la voûte du Bonheur, il ne faut en accuser qu'une disette d'habileté ou un malentendu qui a, pour cause, mon extrême jeunesse et dont je serai inconsolable, jusqu'à mon dernier souffle.

— Vous êtes bien intraitable, Libertas. Vous avez des amertumes pareilles à la saveur de l'absinthe. Que voulez-vous de ma toute-puissance ? Parlez ; j'aspire à devenir votre protecteur : soyez confiante et sollicitez, sans réserve, ainsi qu'une odalisque ou un millionnaire. Désirez-vous un bracelet en métal de haut numéraire, comme l'anneau impérial, quelques plumes d'autruche et, pour le métamorphoser en diadème, un flexible rameau de l'arbre à fruits de corail, plus rare que celui du grand lac Salé ?

— Je donne toujours et ne mendie jamais, ô maître

des pachas! Je suis pure de toute ambition; et la nature de mon caractère fait mon invincible autorité.

— Ignores-tu, coquette audacieuse! s'écria Hatchim courroucé, en saisissant la poignée de son cimeterre à fourreau damasquiné, que je pourrais me venger de tes dédains téméraires et engloutir ton peuple dans le mien, comme un fleuve absorbe un ruisseau?

— Peut-être, Grand-Seigneur! dit la Fée, sans s'émouvoir. S'il est certain que vous avez gagné vingt-cinq batailles, sur votre mastodonte ferré d'éclairs, les devineresses, qui voient l'avenir, en regardant les entrailles du feu, affirment que la vingt-sixième vous serait fatale. Mais cette violence prouverait-elle que vous m'aimez, comme vous ne craignez pas de l'affirmer? La gloire d'ailleurs ne s'attache à la force que lorsque la lutte est l'expression désespérée de la justice. Sinon les hercules et les animaux de proie seraient les premiers des êtres que l'Eternel a créés, et il faudrait, pour être logique, leur céder votre trône, qui est une aurore boréale en permanence.

— Vous avez, princesse, des arguments qui enivrent, comme la liqueur de raisin, les chants amoureux ou la danse voluptueuse des almées, les filles savantes, et qui me décident à un désarmement complet, répliqua le descendant du Ciel, en jetant à ses pieds son poignard, son sabre recourbé, sa cravache, ses pistolets étoilés et sa carabine. Pardonnez-moi cet accès d'impatience; je suis si peu habitué aux contradicteurs que votre fermeté m'étonne et m'irrite. Mais j'admire, plus qu'on ne suppose, toute indépendance, surtout chez les pauvres; et maintenant que je suis abreuvé d'encens jusqu'au dégoût, mon bonheur serait d'avoir pour amis les Lumineux qui ne savent ni flatter, ni desservir, ni achever d'un coup de pied le maître tombé devant la Sublime-Porte, ni s'enrichir indéfiniment à la cour, à la ville et à la campagne, sur les feux de paille. Je vais, ravissante Libertas, vous parler avec franchise.

— Je vous crois et j'écoute, dit la Fée, en souriant, pour montrer l'albâtre de ses dents, plus blanches et plus luisantes que les cassolettes argentées qu'on voit dans les bazars.

— Eh bien, j'arrive d'un îlot qu'on appelle Cythère, où la flèche corrosive d'un enfant ailé inspire le mariage, et je ne crains pas de vous avouer que désormais je ne puis vivre sans vous, car vous êtes la plus majestueuse des fées, aux cheveux de flamme, qui dévorent l'espace aussi vite que les gazelles. Vous avez des aspects pittoresquement variés, comme un paysage de monuments. On dirait que vous êtes dorée par le couchant ; et je voudrais hanter avec vous, au clair de lune, les cryptes, les grottes et les clairières, pour danser au sabbat, en compagnie des spectres angéliques et des fantômes voilés qui peuplent le monde chimérique, où l'on voit des chats noirs dont les yeux sont des émeraudes.

— Le prophète Bon-Sens, repartit Libertas, a prédit, en effet, sur son belvédère inondé de clarté, que votre existence serait assombrie par ma disparition, malgré les assiduités de la victoire, les plaisirs du sérail, qui est plus grand qu'une ville, les fêtes quotidiennes du Pays Heureux, la chasse aux panthères, les gazouillements du hautbois, la pourpre vive des grenades, la longueur dominicale du vendredi et les promenades en palanquin dans la forêt des fleurs suaves, comme un collier d'ambre,

que les larmes de la rosée embellissent et où les colombes,
qui aiment tant la pluie dorée, vont gémir d'ivresse sous
les cascades d'étincelles.

— Si le prophète, dont la parole est toujours épanouie
et auquel j'ai confié mon amour, a laissé tomber cette
prédiction de sa lèvre sévère, pourquoi vous étonner de
ma demande en mariage?

— Elle ne m'étonne pas, Sultan juste et fort, qu'on ne
saurait trop louer. Je m'y attendais. Oui, vous avez raison,
et je vous félicite de votre perspicacité. Sans moi, quoique
vous soyez de trempe divine, vous êtes exposé à ne pas
vivre éternellement, parce que cela est écrit sur les livres
invisibles de la sibylle Fatalité, qui connaît le pouvoir de
ma main gauche. Mais je vous répète qu'avec moi, et j'en
suis désolée, vous risquez de mourir, car ma main droite
lance des sortiléges qui tuent. L'alternative est terrible,
et j'ignore si c'est vous qu'il faut en accuser, ou la fâ-
cheuse sibylle, ou l'influence connue des fées. J'ai fini de
parler. Votre Hautesse, dont le tympan athlétique défie
le choc de la vérité, quand elle n'est inspirée ni par l'in-
trigue, ni par la haine, ni par le mépris des versets, et
qu'elle n'a d'autre mobile que l'amour du bien, non moins
que votre intérêt lumineusement entendu, consent-elle à
me congédier ou veut-elle me retenir en usant de son
pouvoir absolu?

— Puisque toute violence fait votre délivrance, Fée re-
belle, à quoi me servirait-il de vous contraindre? D'ailleurs
la fierté de votre cœur plaît à la constitution du mien, et
je sais respecter mon pouvoir, aspirant, comme un chétif
conteur, à cueillir une branche de laurier rare, dans le
jardin de la postérité, où croît un arbre dont le fruit s'ap-

pelle le Jugement définitif. Persécuter c'est abdiquer. La tyrannie s'use comme le fer, à force de servir ; et pour que mon autorité ne périsse pas, j'entends être, en ma clémence clairvoyante, le généreux vainqueur de tous les vaincus du mousqueton. Mais si vous aviez voulu vous laisser couper la main droite, je vous aurais bien aimée, créature ingrate et plus froide qu'un sorbet.

— Il ne vous est pas défendu, Grand-Seigneur, qui régnez avec mansuétude, quand la jalousie ou le dépit n'altère pas votre nature, de me prouver que j'ai tort de ne plus oser m'appuyer sur ce roseau si inflammable qu'on nomme l'Espérance. En attendant que votre passion pour mon humble personne se manifeste par quelque prodigieux coup de théâtre, qui abolisse les fumerons et me décide au sacrifice, nous devons subir l'un et l'autre, à mon grand regret, la logique impitoyable des choses antiphlogistiques. La destinée s'inflige donc à votre excellentissime volonté, qui ne peut empêcher la méfiance d'être un bouclier. Vous et vos vice-rois, vous n'avez pas le privilége, plus que les autres Lumineux, d'échapper aux principes du monde moral, qui, dans les pays brûlants, sont inviolables comme les règles de l'ordre physique. Ne déplorez pas néanmoins mon refus, car le Hasard Fabuleux m'a appris que, si vous ne savez déterminer l'accomplissement de notre mariage, une charmeuse, à la chevelure d'ébène et aux cafetans de satin, aussi agréable que l'opium ou le moka, deviendra votre sultane favorite. Elle me sera supérieure par la grâce, l'art des prestiges et les diplomatiques sourires. On l'appellera la sultane des Perles, et vous aurez une guirlande de filles.

— Fée Libertas, comme je tiens à ce que les nouveaux

sentiments dont mon âme est embrasée soient connus de
mes agas, je vous invite à dîner dans la salle des régals
désintéressés.

— Cette invitation, Hautesse, sera mon éternel honneur ; mais la dignité la plus élémentaire m'empêche de
l'accepter, car il est des circonstances où la bienséance de
l'estomac engage le cœur. Dîner chez un sultan, c'est se
résigner à épouser, ou à laisser mourir le feu de chas-
teté dans les enchantements de la honte.

— Auguste Fée, dit encore Hatchim, en contenant son
émotion, j'ose compter que vous ne me refuserez pas,
du moins, une modeste faveur. Voulez-vous consentir,
avant de vous retirer, à me laisser un souvenir?

— Volontiers, pasteur des générations flambantes de
l'Orient. Je vous remercie d'avoir daigné m'épargner, pour
m'offrir votre vigilante protection, ces intermédiaires qui
vivent de notre dissentiment, dont s'étonne l'univers où
l'amour est rationnel ; et je vous autorise à couper avec
vos formidables ciseaux, en platine, qui servent à élaguer
les figuiers de votre bosquet favori, une fraction de mon
manteau. J'éprouve à vous l'offrir une émotion d'allé-
gresse ; car il a une propriété balsamique et d'autres
vertus surnaturelles. Vous pourrez donc vous servir de
ce talisman, pour conjurer les oracles sybillins, et guérir,
puisque vous êtes médecin, les maladies ou les blessures
qui ont été ou seront déclarées mortelles. Il me plaît, en
fermant la main droite, tant que vous semblerez vouloir
m'épouser, de vous soustraire à la mauvaise fortune, ce
qui affligera les Dames Blanches qui vont visiter le diable,
à minuit, et les sylvains dont la parure a toutes les couleurs du feuillage. Votre conduite m'oblige à un témoi-

gnage avouable de gratitude. Vous avez le don des intelligentes politesses, et votre cœur sent l'essence de bonté. J'affirme que certains de vos feutiers n'ont pas su acquérir un tact égal au vôtre. Vous voyez qu'il n'en coûte pas à ma coquetterie de reconnaître votre mérite et la noblesse de vos intentions, tout en regrettant qu'elles ne soient pas toujours exécutées par des Lumineux aussi éclairés que vous, aussi appréciateurs du savoir-vivre, et aussi désireux de notre mariage, qui ferait enfin mon bonheur. Ne seriez-vous pas, sous une apparence trompeuse, le Génie laborieux des sociétés qui commencent? Nous avons tous les deux un tort semblable : nos bienfaits ne sont pas assez connus et nos meilleures aspirations sont diversement jugées. Vous paraissez avoir remarqué cette fusée de comparaisons qui petille sur les tablettes de la matrone Sagesse, dont les proverbes ont souvent un parfum de poésie primitive : « La délicatesse des procédés sème « la reconnaissance, qui prend racine et s'élève en gerbe, « sur les hauteurs du sentiment, comme un cèdre au « sommet d'un mont. Le pouvoir de l'or n'a jamais fait « que des vendus inconstants, comme les œillades à « paillettes de la fortune, ou les œillades sans paillettes « des comédiens d'antagonisme igné. »

La Fée incombustible salua le souverain coiffé d'un turban à aigrette et se retira majestueusement, par l'ouverture de l'âtre. Aussitôt qu'elle fut partie, il ressaisit les armes dispersées près de lui. Une meute de soixante mille courtisans, festonnés d'insignes et couverts de chaînes somptueuses, se ruèrent dans son principal salon, qui était un désert de luxe, où s'élevaient en spirales quinze cents colonnes de feu. Quelques-uns d'entre eux,

après avoir baisé les pieds, les mains et le cœur de
Hatchim, en s'agenouillant, l'interrogèrent sur le résultat
de son entrevue avec la Fée. Il fit tourner pensif, entre
ses doigts, sa tabatière de vermeil ; puis il s'écria, d'une
voix rompue à l'architecture des paroles, et plus harmo-
nieusement retentissante que la chute d'un aérolithe sur
un bassin d'or :

« Mes astrologues, mes préservateurs de cuisson, mon
grand-vizir, mes joueurs de tam-tam et mes narrateurs
de légendes, salut à Vos Importances ! Allah seul est haut
comme un sultan, et il n'y a d'autres dieux que mon père
et moi. Je vous annonce un événement magique. A
partir de cette nouvelle lune de l'hégire, la fée Libertas,
qui cesse d'être mineure, devient ma fiancée bien-aimée,
et je prétends me marier avec l'adorable coquette, pour
historier la vaste coupole de mon bonheur, lorsque
j'aurai cueilli ma vingt-sixième victoire sur les pics en
éruption, ou quand le plus beau lustre de mon règne
sera une littérature éblouissante ; car ma suprême ambition est d'allumer, malgré toutes les gageures attribuées
à mademoiselle Maladresse, cette splendeur de l'intelligence, qui est la gloire culminante des sultans et des
nations, à qui elle procure les plus sereines comme les
plus dignes félicités. Par mes sandales en filigrane et
mes sachets odorants ! je donnerais un harem, vingt poi-
gnées de sequins et les trésors plus précieux de mon
amitié à l'auteur qui saurait buriner, surprenant le
secret des folies heureuses, une comédie magistrale, en
style élevé et sémillant, ou enfanter un drame qui ait le
sens commun, ou formuler une grande pensée, ou ima-
giner, sur la page des chimères, avec l'encre d'équité, une

scène si merveilleusement idéale que j'y applaudisse le
premier, par un exemple habituel aux sultans qui, com-
prenant l'enjouement privilégié et le caractère inviolable
de l'art, ont le bon goût ou plutôt la loyale habileté de
sourire aux vagabondes fantaisies de la fée Fiction, qui a
pris pour devise : Impossibilité! Le cliquetis réjouissant
et mesuré des grelots n'offense que les fossoyeurs du luth
sacré. Le sang de la poésie égorgée rejaillit sur le monde
en pleurs. Un peuple qui ne chante pas ou ne pense pas
est encore enfant; et celui qui a cessé de chanter et de
penser est déjà mort. Il a déserté la lumière pour s'abîmer
dans les ténèbres, au lieu d'échapper à la nuit en culti-
vant le feu divin. Je veux donc que nos Génies intellec-
tuels, si dévoués à tous, qui sont l'œuvre de la transfor-
mation automatique, puissent vivre de leur plume, comme
les écrivailleurs du pays voisin, si dévoués à eux-mêmes,
et n'expirent pas avant l'âge sous l'étreinte de la détresse.
Tel pouvoir, telle littérature. On ne connaît pas une excep-
tion à l'immuabilité grandiose de cette loi qui exalte mon
âme. C'est dire que je vous défends de dédaigner ou de
proscrire le talent, et que je vous commanderais d'abolir
toutes les guillotines de l'inspiration, s'il en existait dans
les forteresses où mes hospodars ne doivent pas effeuiller
les intelligences, comme ces infidèles que nous appelons
Chiens. Les faucheurs de l'esprit sont les plus effroyables
pourvoyeurs de la mort. Fougueux pionnier du mouvement, je marche en avant, et refuserai toujours de reculer,
ordonnant à la routine d'être l'épi du progrès. Le présent ne couve-t-il pas l'avenir? Je vous adjure, au nom
du ciel, mon berceau générateur, de contribuer à faire
aimer et admirer mes armoiries émaillées de pâquerettes,

sans que la fée Trésorière se permette jamais, à mon insu, avec sa blessante familiarité et par votre faute, que je châtierais, de louer la tendresse ou l'enthousiasme. Que je vous serais reconnaissant de trouver le secret de cette aménité exquise qui est l'arome du succès ! Pour attirer les gens qui ont le respect d'eux-mêmes, l'aimant me paraît préférable aux gaucheries multipliées et accentuées, qui seraient une véritable trahison envers moi. Les Lumineux distingués m'honorent, qui dans mon empire attendent tout de leur mérite et de la modestie, cette violette du mérite. Ils élaborent les rayons de miel. C'est à vous de recueillir religieusement la moisson céleste, pour composer ma gerbe d'honneur. Les caméléons publics et les eunuques de toutes nuances, n'ayant pas cessé un instant de justifier leur nature durant mon absence, qui a été pour moi une pierre de touche révélatrice, annonceront la bonne nouvelle à mes sujets, qu'on félicitera aussitôt de leurs dernières évolutions, en leur jetant des dragées mêlées de monnaie et en leur montrant ce morceau de sa tunique, que la Fée m'a offert, comme un souvenir de notre entrevue, et dont je fais mon drapeau préféré. Il sera l'étendard de ma prochaine bataille, qui aura lieu sur la plaine des feux du Bengale. N'oubliez pas surtout que les fées bienfaisantes n'entrent que chez leurs amis, où elles arrivent et d'où elles sortent par la cheminée. J'ai dit. Puisse le véhicule de la Vertu vous conduire sans cesse dans la voie de l'obéissance, jusqu'au sentier du Paradis, jardin artificiellement délicieux où des épouses purifiées (1) vous attendent, sous les ombrages aux

____

(1) Expression du Coran.

inaltérables reflets d'émeraude! Louange à Dieu, le Père, qui, d'un noyau, forme le dattier, et à son Fils unique, qui vous permet de manger les dattes! »

Le courtisan Flatteur en chef, après avoir fait retentir la foudre d'un éternument et avoir rebondi jusqu'au plafond avant de sautiller, prononça aussitôt ces mots, en se baissant pour ramasser un compliment qui lui avait déjà servi douze mille fois :

« O soleil des soleils! ô magnifique propriétaire des Parfaits Automates, que tu préserves perpétuellement de la combustion et de la congélation, depuis la naissance des siècles, pour les affranchir de leur immobilité native, Ta Hautesse a été trop généreuse, par son consentement à une mésalliance avec cette indigente, qui a ouvert la porte de ton cœur, en forçant la serrure. Tu as oublié qu'aux jours de grande sortie l'empreinte de tes bottes en maroquin plissé, où l'éperon scintille comme un jet de prunelle non voilée, fait mûrir le maïs, change la poussière des routes en poudre précieuse, et métamorphose les nattes des kiosques, en tapis de cachemire.

— Cela ne vous regarde pas, monsieur le Flatteur en chef, repartit sensément Hatchim, qui ouvrit son parasol et agita son éventail en signe de mécontentement. Je jette encore au rebut vos louanges fanées, qui n'ont plus même le mérite d'avoir été consommées par moi seul. Vous changez volontiers de maître, pourvu que vous ne changiez pas d'appointements. Mais le temps est court, quand on n'est pas obligé de le tuer dans l'abattoir de la paresse; et je désire ne plus voyager pour raison de mariage. Si je découvrais toutes les vérités qu'on me cache, le soir reculerait vers le matin et il ferait jour. Vous parlez

comme les marchands qui organisent des caravanes. Ce
que j'aime dans les fées, c'est leur vertu ou leur beauté,
ajouta le prince, qui, par une suprême grandeur, alliait
l'imagination des poëtes arabes à la méditation des philo-
sophes. Quand le riche et le pauvre se rencontrent, Dieu
attend et s'apprête à sourire. Volcan de ma colère! je
vous ordonne de porter à l'avenir une livrée à teinte
rouge, car cette couleur est celle qui charme surtout ma
fiancée et la majorité de mes sujets modèles, dont la satisfaction doit vous être chère, comme leur prospérité calo-
rifique. Tâchez même de m'obéir avant que la saison des
pistaches ait accéléré la crépitation universelle, sinon je
vous fais aller à pied dans le village aux portes de granit
rose, aux minarets et aux dalles de porphyre, où il est
impossible de marcher, sans risquer d'être écrasé par les
éboulements de la calcination et par les hippogriffes élec-
triques qui galopent victorieusement sur la fourmilière
des piétons, à travers les charbons ardents. Ou je vous
condamne, selon un usage immémorial de notre feu, à
être empalé, au sommet de la colonne brûlée, non loin du
Bosphore, à votre choix, aussi vrai que les étoiles sont les
clous scintillants de ma couronne, et que le monde,
d'après nos Ecritures religieuses, que le mufti, mon meil-
leur ami, commente intelligemment, est un œuf de poule
sainte, dont j'ai été le coq, à l'heure où les anges m'appe-
laient Destructeur du chaos. »

A peine le sultan amoureux avait-il parlé que, par une
de ces fantastiques supériorités qui sont le secret de l'ad-
mirable génie des courtisans, Son Importance Monsei-
gneur le Flatteur en chef, dont la figure était peinte en
couleur variable, devint cramoisi comme un bonnet

phrygien. Il tira soudain de sa poche une affiche à reflets de carmin, qu'il étala, en se gonflant orgueilleusement devant le monarque ébahi, et où l'on voyait cette exclamation imprimée : « Vive Libertas, la fiancée du Sultan-Dieu, qu'elle épousera demain, car elle est entrée dans son cœur sans effraction ! » Il s'enveloppa ensuite le corps, avec l'affiche, comme d'un vêtement significatif et original.

Hatchim, pour témoigner sa tumultueuse satisfaction, fit allumer aussitôt son narguillé, par une jeune esclave nouvellement préposée à la direction des flammes éphémères ; et après avoir fumé avec délices, couché sur un sopha, il alla visiter son mastodonte, ses éléphants blancs ou noirs, ses griffons, ses dromadaires, ses ânes zébrés, ses momies et ses muets, dont le nombre était sans nombre. Puis il daigna complimenter l'habile courtisan, en le décorant de la grande corde damassée des familiers enrhumés et honorables au superlatif, qui était parsemée de croissants d'or ; et il n'est peut-être pas défendu de penser, comme Sa Hautesse le fils du Ciel, que son maître-favori avait mérité la corde.

II.

L'immortel Hatchim avait cessé d'exister, depuis dix-huit cent mille nuits et trois minutes, après avoir accompli son œuvre civilisatrice, à travers la clameur des préjugés et les obstacles prévus, lorsqu'une sylphide, soubrette de la fée Libertas, vint lui apprendre, par une pantomime dansante qui se mariait, en cadence, aux harmonies d'un voltigeant Zéphire, que différents visiteurs appartenant à la société la plus lumineuse désiraient la voir. Elle ordonna qu'on les fît entrer l'un après l'autre dans son boudoir de feu écarlate. Le premier qui se présenta fut le seigneur Paladin, chevalier complétement étranger aux marquis et aux ducs de Carabas.

La Fée parut étonnée de recevoir la visite du preux chevalier, qui était dans le désert un orateur véhément et inspiré, quand le soin de sa santé ébranlée par un accident survenu, à la suite de plusieurs imprudences mortifiantes, n'exigeait pas qu'il s'imposât une diète d'oraisons.

— Est-ce bien vous, dit-elle, seigneur Paladin? Est-ce vous vraiment à qui j'ai eu l'honneur d'inspirer une première amourette, à l'ombre des marronniers? Ne suis-je pas trompée par une vision?

— C'est moi-même, célèbre Fée, répondit-il. Je viens vous demander pardon de ma conduite passée; car je me repens de vous avoir méconnue et rudoyée.

— Il est un peu tard, fit observer Libertas.

— Jamais la contrition ne messied aux âmes dévotes, murmura le chevalier; et si vous y consentiez, il y aurait quelque moyen de s'entendre.

— Je n'ignore pas, répliqua la Fée, qu'on pourrait transiger devant le forgeron des expédients, à défaut d'une parfaite union.

— Vous avez deviné ma pensée, reprit le seigneur Paladin. Je vois que nous finirons par nous comprendre.

— Suis-je donc pareille à ces châtelaines déshéritées que l'absence seule fait aimer? demanda mélancoliquement la Fée.

— Quand on a le bonheur rare de vous posséder, repartit le seigneur, on est indifférent à l'efflorescence de vos attraits et au philtre de vos incantations, parce que vous avez une excessive modestie. Vous répandez la félicité, comme si votre corbeille d'abondance devait être inépuisable.

— C'est la faute de ma main gauche, dit Libertas.

— Quand vous disparaissez, on est soudain frappé de désastre.

— C'est la faute de ma main droite, murmura la Fée.

— Oh! que j'ai souffert, princesse, de votre absence! Faut-il vous l'avouer? Sans vous, je ne puis continuer à vivre.

— Je le sais, chevalier ; et, en me flagellant, parce que j'aimais trop les modes nouvelles, vous avez aiguisé l'arme qui vous déchire le cœur. On pourrait presque vous accuser de suicide.

— Hélas! je suis obligé de reconnaître cette triste vérité.

— Si je succombe à votre seconde passion, reprit la Fée, quelle garantie m'assure que vous ne serez pas encore un ingrat?

— Mon intérêt et l'expérience acquise.

— Croyez-vous que l'intérêt soit le germe des sentiments dévoués? Du moins, vous êtes loyal ; mais votre loyauté me condamne à la prudence. Cependant le sacrifice que vous m'offrez, seigneur, est immense. C'est un hommage qui m'est précieux. Il suffirait seul à prouver la possibilité des miracles, et à démontrer que, si le présent me fait encore défaut, par mon célibat, l'avenir conjugal est à moi.

— Je ne le conteste pas, grand Dieu! surtout en voyant de près vos agréments irrésistibles. J'en suis tellement convaincu que j'ose vous demander en mariage. Voulez-vous m'accorder votre main ?

— Est-ce la main droite ou la main gauche que vous préférez, seigneur ?

— J'avoue, répondit le rusé Paladin, que je les désire indistinctement. Quand l'amour est sincère, il épouse les épines avec la rose bleue.

— Mon cœur a tant d'exigence que je ne puis accepter votre offre.

— L'âge vous rajeunit, Libertas, par une faveur unique. Pourquoi faire la coquette en rajeunissant ?

— Le mariage est un contrat irrévocable ; et vous avez, inconstant seigneur Paladin, une prédisposition au divorce. Je n'en suis pas moins reconnaissante de votre démarche. Je ne sais si vous m'aimez ; mais je suis certaine que vous me regrettez, et me sens assez vengée, par le retour de votre tendresse. Je consens donc à vous pardonner à la condition que vous profiterez de la leçon, car elle mérite de n'être pas dédaignée.

— Vous manquez de générosité ; je suis souffrant et vous refusez de me guérir.

— Vous êtes malade, par votre faute, et non par la mienne. Je ne suis pas d'ailleurs une fée médicale. Pourtant je ne dois pas vous ravir tout espoir ; et je vous apprends, en confidence, qu'il est décidé dans les conseils du Très-Haut que je retournerai aux calendes... lumineuses, ainsi que ma sœur la Gorgone Philosophie, habiter le Feu Gothique, d'où vous regardez souvent mon étoile, avec une longue vue, sur votre donjon qui penche. Je ne doute pas que vous ne soyez alors un de mes plus courtois défenseurs, et l'ennemi de mes ennemis.

— Je le jure, dit le chevalier, avec solennité, car l'ardeur de ma foi est devenue un brasier fatidique et résistera désormais à la pluie d'orage.

— En attendant, reprit Libertas, n'oubliez pas que ceux qui m'ont toujours aimée et m'ont tout sacrifié, quand j'ai été visitée par l'Agonie, sur le tertre des Consomptions, s'appellent le génie de l'Intelligence et la fée Fidélité. Dieu a voulu que les grands caractères naquissent surtout aux époques de décadence, pour imprimer je ne sais quelle céleste et attendrissante beauté à la désolation des ruines... Vous savez qu'il ne serait ni généreux, ni habile d'insulter les rois du dévouement moderne, qui rappelle la poésie en action de l'ancienne chevalerie, fondée par Hatchim II, le sultan débonnaire, qui aurait toujours vécu s'il avait supprimé par un décret le pavé de l'ours.

— Je le comprends sans peine. Seulement le génie de l'Intelligence et la fée Fidélité sont des impies dont les yeux lancent, comme les vôtres, des éclairs si flamboyants que j'ai peur d'être incendié, quand je les aperçois.

— Les pénitents qui redoutent la lumière ont tort de venir me voir et doivent demeurer incorrigibles, dans le culte de l'obscurité, même après avoir été brusquement privés de leur lutrin, devant l'autel peu éclairé des cantiques, comme votre ex-varlet, qui ne s'exposera jamais, par amour pour une fille de l'Enfer, à être mis à l'index jusque chez les ermites.

— Vous n'êtes plus une créature de l'Enfer, princesse immaculée ; mais remarquez que ma position est délicatement critique, et qu'en obtenant vos faveurs, je ne suis pas encore sûr de vivre.

— Alors pourquoi désirez-vous m'épouser ?

— Il faut bien faire une fin. On ne peut pas toujours rester veuf ou vieux garçon, et se contenter de servir avec humilité la madone aux Miséricordes.

— J'étais donc un pis-aller, traître séducteur?

— Non, méchante; les mariages de raison ne sont-ils pas les mieux assortis et les plus logiques? Si cette considération vous décidait à accueillir ma demande, je m'estimerais le plus heureux des Lumineux. Daignez seulement devenir tourterelle, je me changerai en ramier.

— Impossible à mon cœur de marbre, gracieux chevalier! Mais vous êtes si repentant et si peu dangereux que je vous permets l'affection platonique. Du reste, les façons élégantes d'un gentilhomme qui exhale un parfum de myrrhe ou d'encens ne déplaisent pas à ma simplicité; et je ne méconnais ni l'intelligence, ni le courage, ni la romanesque indépendance que vous montrez, en offrant d'unir, dans une cour d'amour, votre antique blason à ma noblesse printanière; c'est un exemple de feu. Il sera sanctifié par la droite de Celui qui sait ce que l'oiseau dit au bocage.

— Merci de vos dernières paroles, ma séduisante souveraine! Elles prouvent que l'impartialité est une partie de votre force. Puisque le suprême alchimiste a composé votre âme de magnificence et de charité, je viendrai vous courtiser assidûment. Je vous offrirai des images, des chapelets, des cierges, des reliques et une panoplie. Ne me donnerez-vous pas avant mon départ un gage de réconciliation?

— Avec plaisir, mon féal sujet : voici un nœud de ma tunique rouge.

Le seigneur Paladin sortit rayonnant, après s'être incliné d'une façon coquettement aristocratique, et il plaça le nœud, en forme de cocarde, à une boutonnière de son habit. Quand, revêtu d'une armure orthodoxe, il va guerroyer contre le monstre Hérésie, au camp des croisades et des lamentations nouvelles, il arbore le vaillant signe de ralliement, au centre de sa cuirasse.

Bientôt il était rentré, sur un palefroi, après avoir fait baisser un pont-levis, au manoir crénelé de ses ancêtres, dans la campagne du *Feu Noir*, ainsi nommée parce que la flamme s'y épuise quelquefois en fumée. Les indigènes de cette sombre contrée, qui ont l'habitude de jeûner en carême, et d'assister au prône, affirment aujourd'hui que leur seigneur est le plus ardent prétendant de la fée Libertas. On assure même qu'il a juré dans ses pèlerinages, malgré la témérité d'un pareil serment, de ne jamais cesser d'aimer l'inhumaine. Ses compagnons de prière, ses vassaux et son troubadour armorié, pour lui plaire, font entendre autour des bûchers refroidis ce cri mondain : « Vive Libertas ! » Certains de ses partisans, qui ne voudraient ni vivre ni mourir damnés, courent s'en confesser aussitôt, comme d'un succulent péché. Mais il faut reconnaître, pour être fidèle conteur, qu'on n'a pas toujours la maladresse ou la perfidie de leur refuser l'absolution.

III.

Après la disparition du révérend chevalier, on fit entrer dans le boudoir de la Fée, dont la coquetterie pourrait rivaler avec celle des femmes du monde à Paris, un jeune Follet. Il était escorté solennellement, par les Esprits rebelles qui forment la légion satanique de l'arsenal où l'on fabrique la mitraille des mots épurés au feu. Ces agents de maléfices avaient pour chefs de file trois éclaireurs : le magicien Titan, à nombreuses vues contrariées, qui portait haut un Cyclope emmaillotté, son premier fils encore au berceau, dans un fauteuil détonant, le lutin Criminel dit l'Ingénieux, musicien de chambre, par vocation, et son ancien accompagnateur, le farfadet Complice, violoncelliste honoraire. Les trois éclaireurs caressaient une Chimère qui ne possédait pas encore toutes ses dents ni ses griffes, et sur laquelle s'agitait un Phénix d'occasion stratégique, dont le bec serrait un verrou en sucrerie, terminé triomphalement par une marotte assourdissante, car elle avait dix-sept grelots. La Chimère, qui ne quittait jamais le Magicien et le Lutin, vomissait des torrents de flammes jaspées, quand ils parlaient, ou quand le Phénix mordait au bonbon machiné chez quelque confiseur infernal.

— Messieurs, je vous reconnais, dit la Fée, sans que nous ayons été des amis inséparables ; je vous ai rencontrés autrefois dans vos fournaises. Alors cet apprenti si remarquable, qui apprécie les dragées énormes comme tous les oiseaux à large bec, et que vous avez adopté, par une tactique sobrement littéraire, mais très militante, sous le rapport des feux de joie, n'existait ni pour vous ni pour moi.

— Hélas ! répondit le Magicien, c'est parce qu'on n'a plus le plaisir d'apercevoir Votre Seigneurie', autour de nos foyers, que nous venons lui rendre une humble visite.

— Non sans péril, murmura plaintivement le Farfadet,

puisque pour arriver en votre chalet, il m'a fallu affron-
ter, vers la trentième heure de cette journée unicolore,
la poursuite oblique d'une mouche infernale, à reflets
bleuâtres, qui m'a piqué de son dard venimeux, quand je
courais annoncer mon voyage d'aspirant à vos bonnes
grâces, aux campagnards paralytiques, et les prier inutile-
ment de me conduire jusque chez vous. J'aime à marcher,
en nombreuse compagnie, sur la pente des vallons et à
travers les bois, où l'on peut rencontrer des harpies, des
faunes et des moustiques.

— Cette blessure, monsieur le Farfadet, repartit Libertas, vous sera comptée dans mon cœur, si les dispen-
sateurs d'orviétan ne la déclarent pas imaginaire ; et j'y
ferai verser, pour la guérir, une goutte de baume caba-
listique par le sorcier Malin, qui habitait votre violon-
celle au temps des mélodies expressives. Il portera même
des béquilles aux campagnards paralytiques, afin qu'ils
ne soient plus obligés de renoncer aux promenades pit-
toresques. Vous devez être fier de l'épreuve que vous
avez subie, car, si l'on en croit l'opinion des entomolo-
gistes, les mouches infernales, qui annihilent le charme
de la nature, harcellent surtout sous le signe de l'équa-
teur les Lumineux qui ont un sang viril et vermeil. Leur
gourmandise a l'instinct de flairer la nourriture savou-
reuse. Elles sont une escorte sainte. Ainsi conclut un
rapport de la commission des aiguillons, qui a été lu en
séance publique à la Faculté des panacées.

— Permettez-nous, reprit le Magicien, de vous pré-
senter un Follet d'origine scintillante auquel nous appre-
nons à diriger la musique d'ensemble. Il nous a enten-
dus, au Conservatoire, parler de votre indomptable vertu

et de vos charmes, avec tant d'admiration qu'il voudrait vous consacrer sa vie. Nous sommes ses conseillers assermentés ; et, en raison de vos qualités, nous ne serions pas fâchés de lui voir contracter avec votre Altesse une alliance conjugale.

— Cette proposition délicate exige quelque réflexion, reprit la fée Libertas.

— O Fée ravissante ! ô la plus sainte des œuvres de Dieu ! s'écria le Follet, pardonnez-moi une ambitieuse témérité. Nulle princesse fabuleuse, même parmi les sirènes qui habitent l'île des Soupirs, ne m'a fait éprouver un sentiment pareil à celui que vous m'inspirez. Je vous connais à peine ; eh bien ! je suis prêt à verser mon sang pour vos jolis yeux.

— Quelle ardeur ! quelle prompte facilité à vous enflammer ! répondit la Fée avec un mouvement de vanité.

— C'est ainsi que naît l'amour véritable, fit observer le Lutin Criminel ; j'ai l'expérience du cœur des Follets.

— Les mariages de passion ne sont souvent que des incendies passagers, repartit la Fée.

— Jamais, Altesse, l'incendie que vous avez allumé dans un cœur n'a dû pouvoir s'y éteindre, riposta gracieusement le Lutin. D'ailleurs, si le Follet se refroidissait, nous l'empêcherions, étant ses rigides mentors, de vous abandonner ou de vous tromper. J'ai prouvé, au printemps des fleurs de révélation, en faisant une expérience d'horticulture surprenante et en exécutant plusieurs solos de fifre, qu'il en coûte beaucoup aux jouvenceaux qui vous sont infidèles et vous préfèrent les demoiselles du Conservatoire.

— Vous ne m'avez pas toujours montré une pareille

tendresse, monsieur le Lutin, murmura la Fée, car je me rappelle les meurtrissures que vous et monsieur le Magicien m'avez faites au coude, sur un haut-fourneau, avec le concours du Farfadet, un jour d'automne où vous étiez irrités contre les flammes de ma figure, et où vous aviez un bandeau sur la vue, à la façon de cette fée olympienne qui est quelquefois fatiguée de porter une balance chère aux magistrats intègres. J'ai longtemps conservé la trace de votre violence, malgré la poudre de Licorne et les nombreuses consultations de mon docteur, dont le traitement a fini par être foudroyant. Avouez que l'histoire dans les cratères a ses diaboliques malices, autant que les lutins.

— Oublions ces vétilles, princesse, repartit le Lutin, et soyez juste comme le plus grand réformateur de l'âge héroïque, le sultan Hatchim II, dont les exploits furent une mine intarissable de fabliaux, et qui s'est éclipsé dans le trou des fées tumulaires, à la fin de sa vingt-sixième bataille, où l'on a remarqué un ours jouant avec un pavé ensanglanté qui existe encore au musée du Zèle exemplaire. Nous vous avons seulement égratignée, continua le Lutin, pour faire pâlir vos rustiques couleurs, qui juraient avec la distinction de votre beauté. Depuis ce temps les fées de la colère, vous jetant leurs torches au visage, ont tenté plusieurs fois de vous exterminer.

— J'en conviens, répliqua Libertas, mais je ne m'en porte pas plus mal en pays étranger. Ma santé même ici est excellente, tant l'air y est pur.

— On le voit, irrésistible tentatrice, car vous avez le teint rosé, le regard splendide, la démarche altière et presque ducale, dit le Magicien.

— Je ne vous ai jamais vue si attrayante, ajouta le

Farfadet, que les piqûres d'insecte n'empêchent pas d'être galant.

— Ce n'est pas vous que j'accuse d'être une archivieille et que j'ai l'irrévérence de lutiner, par mes dissonances, à l'orchestre de l'Opéra-Comique et du Grand-Accord, affirma le Lutin. Vous avez dû faire assurer votre puberté, chez les biographes véridiques, contre l'atteinte des almanachs, car vous réalisez l'utopie de l'éternelle jeunesse.

— Vous me flattez, perfides! répondit la Fée.

— Admirer et aimer ce qui est séduisant, ce n'est pas flatter, reprit le Lutin, qui est un causeur ingénieux, bien qu'il ne veuille pas le paraître dans les salles de concerts, pour ne pas éveiller la jalousie des artistes, ses collègues. Notre démarche, d'ailleurs, est déterminée par un sentiment si désintéressé, qu'en vous demandant de consentir à épouser le Follet, nous affirmons que la modicité de votre dot n'est pas inconnue à sa passion exaltée ni à notre dévouement.

— Il est un peu tard pour vous et un peu tôt pour lui, hasarda Libertas. Le mariage exige une maturité qu'un Follet novice n'a pu encore acquérir; et votre âge vénérable, messieurs les Esprits, permet de penser que vous aurez achevé votre resplendissante carrière, dans les régions illimitées de l'Infini, et cessé d'y professer le contrepoint, lorsqu'il devra songer, selon l'usage des Occidentaux, à s'imposer un lien conjugal sous la nef de monogamie à la chapelle des mythes, qui est plus silencieuse que la cathédrale des fiançailles variées, et des stalles numérotées, où les sermons de l'avent grondent parfois comme les nuages cuivrés.

— O Fée angélique ! dit le Follet, il n'est pas besoin d'être vieux pour vous adorer ; il suffit de vous avoir vue. Permettez-moi donc d'être un de vos courtisans.

— Je ne refuse ce plaisir innocent, répondit la Fée, ni à vous, si vous n'êtes pas marié avant l'heure, ni à vos professeurs. L'urbanité en cette circonstance est même pour moi un devoir cher, car M. le magicien Titan a, dit-on, fait jouer en faveur de mes quinze ans, sa longue baguette de coudrier jusqu'au ciel, qu'il voudrait, à tort, escalader ; et il touche de près à la Muse Erato, qui m'a aimée et a souffert héroïquement, par sa lutte lyrique contre un démon légendaire qui m'a défendu de parler, au bal des petites entrées et des grandes sorties, forgeant ainsi son malheur fantastique.

— Ne donnerez-vous pas au Follet un gage de votre flatteuse bienveillance ? demanda le Lutin insidieux, en ramenant indifféremment, devant son regard ses lunettes en gaze de feu fascinateur qui lui aident à imposer, aux dilettanti, la musique tapageuse qu'il compose.

La Fée imprudente détacha un joyau de son diadème et dit :

« Je vous offre, monsieur le Follet, un superbe rubis que je vous engage à placer au sommet de votre couronne dégarnie d'étincelles. Il répandra des lueurs autour de vous comme une auréole. Sans vouloir jamais vous épouser, parce qu'il y a entre nous incompatibilité de nature et disproportion de fortunes, je ne suis pas inaccessible à une excusable indulgence envers tout enfant imaginaire, d'une organisation délicate, qui expie les torts et le tempérament de ses fictifs aïeux, en souffrant du mal dont ils sont morts par leur faute. Nul thérapeutiste ne doit blasphémer pourtant cette solennelle et terrible solidarité, dont la Providence a fait un mystère d'équité, car elle agrandit la justice sanitaire, en lui donnant pour théâtre les péripéties de l'histoire pathologique et en augmentant si heureusement la responsabilité des Lumineux bien portants, qui violent les lois de l'hygiène. Allez, Monsieur, et aimez surtout le *Feu merveilleux*, notre mystique patrie d'azur, aussi grande par sa constance dans les tourmentes ou dans les extinctions de flamme que par sa fougue intellectuelle, qui, j'espère, ne s'est pas engourdie. »

Le Follet se retira, accompagné de ses habiles conducteurs, et en s'écriant : « O mes fidèles amis ! je vous remercie de m'avoir fait connaître une Fée aussi séduisante ; comment avez-vous pu ne pas toujours la chérir ! C'est une déesse aux mains potelées et aux pieds de lumière, qui ne devrait marcher que sur les nues splendides. Aucune majesté n'est comparable à sa grandeur, si ce n'est la phosphorescente majesté des penseurs, dont je voudrais conquérir la sympathie, quoique le culte des idées soit devenu chez les Elfes une vieillerie d'archéologue. Mais je sais qu'il est plus difficile et plus glorieux d'être un prince de la pensée que de fleurir prince du sang, sur la terrasse du Hasard.

— On ne peut reprocher qu'un seul défaut à Libertas, fit remarquer le Lutin, c'est qu'elle a d'un côté, cinq doigts de feu, et de l'autre, quatorze phalanges de givre. Le magicien et moi, cher Follet, ajouta-t-il mystérieusement, nous avons découvert chez les chimistes, que la flamme dissout la glace et que vous triompherez de sa froideur, le jour où vous pourrez placer sa main droite dans sa main gauche.

— Je vous promets d'utiliser bientôt la découverte,

reprit le Follet avec joie. Adieu, respectables voyageurs !
Tâchez de retremper souvent votre existence alphabé-
tique à une source jeune et pure, qui soit celle des maîtres
ès jeux originaux. Ce n'est pas à votre initiative de subir
l'opinion grammaticale, si elle est faussée ou si elle n'a
plus de boussole ; mais c'est à vous de la déterminer in-
trépidement, sans contradiction, comme sans faiblesse, et
de rallumer le phare des féeries littéraires dans la brume
prosaïque. Vive la fée Libertas ! »

Le cri enthousiaste fut répété, d'une voix un peu che-
vrotante, par le cortége des Esprits et avec un accent mu-
sical, par l'oiseau figurant qui, ayant mangé le verrou en
sucrerie, laissa tomber la marotte pour chanter, pendant
que le Lutin faisait siffler son fifre. Ils retournèrent,
montés sur la Chimère, dans leur atelier de langage et
d'impénitence, après avoir adressé au Follet de mélanco-
liques salutations. Mais cet espiègle adolescent, aussitôt
qu'il fut délivré de la pesante tutelle de ses initiateurs,
revint auprès de Libertas.

— Pardonnez mon indiscrétion, dit-il, Fée que j'adore.
Je me sens attiré vers vous, comme par une main invi-
sible, et je ne puis vous quitter sans vous prévenir que
j'ai perdu mon cœur ici.

— C'est en effet par le pouvoir d'une main que votre
âme ne vous appartient plus, répondit la Fée. Si vous
n'étiez pas trop jeune pour avoir pénétré les secrets de la
vie incompréhensible, vous ne seriez pas étonné de ce
phénomène rudimentaire.

— Voulez-vous, demanda le Follet, si vous retrouvez
mon cœur, qui est encore inédit, me permettre de ne
pas le reprendre ?

— Que dirait-on de moi? Je serais compromise, reprit Libertas. La vieille fille Chronique pourrait croire que nous sommes parents. Vous êtes, monsieur, un Follet très léger, bien que vous n'ayez pas la réputation d'être un étourdi à la bataille de l'amour.

— En attendant que l'audace m'électrise, comme un page, vierge virile, laissez-moi déposer timidement un baiser sur votre front.

La Fée eut la féminine faiblesse de ne pas répondre. Elle fut si interdite qu'elle se contenta de baisser les yeux en rougissant. Enhardi par ce regrettable silence, le Follet s'élança pour déposer sur le front limpide de Libertas, un chaste baiser, et pour lui prendre impertinemment les mains afin d'expérimenter la recette du Lutin et du magicien. Mais avant qu'il eût effleuré des lèvres la tête inclinée de la Fée, un formidable roulement de tonnerre retentit. Les flammes ondulées qui tapissaient le boudoir tourbillonnèrent en sifflant comme des serpents irrités. Un magnifique vieillard à longue barbe de neige et à taille gigantesque surgit tout à coup. Il était couronné d'un soleil et portait une tunique dont le tissu ressemblait à la corolle du cactus. Il tenait un sceptre rutilant que surmontait une gerbe de fertilité, et d'une main, commandait à un lion charmé par les éblouissements de la lumière.

— Qui êtes-vous? demanda le Follet effrayé.

— Je suis le Génie du feu, le Péri conducteur des nations éclairées, répondit l'imposant vieillard d'une voix fulminante, et voici le lion à trompeuse muselière. On m'appelle Progrès à l'académie des Périphrases. Je suis, pour mon malheur, le père de l'effrontée Libertas, qui ne

craint pas d'être embrassée par les jeunes gens prohibés,
dont la rouerie m'indigne, et de désoler sa vénérable
mère la fée Justice.

Le Follet salua aussitôt et observa le lion avec curiosité.

— Votre conduite est superbe, continua le génie du
Feu, en regardant sévèrement Libertas. On ne m'a donc
pas trompé, Mademoiselle, vous êtes une fille galante.

— Oh! mon père, pouvez-vous parler ainsi! repartit
la Fée. J'ai eu tort, je l'avoue; mais M. le Follet me
paraît être encore un enfant.

— Vous avez raison, je n'ai que trois printemps, murmura le Follet d'une voix ténue, comme celle d'une ma-
rionnette, en se roulant sur lui-même pour se faire petit.

Mais le Follet mentait, car il avait au moins huit ans au
cadran des saisons, qui est fait des émaux les plus rares
et les plus splendidement disparates.

— Et puis, continua Libertas, c'est la première fois que,
par suite d'une commotion volcanique en mon cœur, je
ne refusais pas, sans l'accorder pourtant à un prétendant,
un baiser qui, j'en fais le serment, eût été reçu avec inno-
cence.

— Et qui eût été donné respectueusement, affirma le
Follet avec un aplomb qui aggravait l'attentat manqué.

— Ma fille, ma fille! vous jouez votre crédule père,
reprit le Génie, après avoir fait rugir et bondir le lion.
Savez-vous, Mademoiselle, quels sont les propos singu-
liers qui circulent à travers le monde embrasé? Eh bien!
le mauvais génie de l'Indiscrétion vient de m'apprendre
qu'on a vu votre portrait peint à l'huile, dans le salon d'un
coupable évêque; votre statue coulée en bronze, dans l'an-
tichambre d'un Grand Mogol, tutélaire ami des fées et ad-

mirateur des livres sages ; votre buste taillé en marbre dans la galerie d'un roi galant ; votre personne photographiée dans l'alcôve d'un prince-pacha ; votre image en médaillon chez la plupart des Lumineux intelligents et indépendants ; votre profil dessiné en lithographie sur l'enseigne des marchands d'esprit public ; votre manteau et votre bonnet chiffonnés, dans la loge d'un comédien que je ne désignerais pas si vous comparaissiez, devant le tribunal de la Pudeur, pour que chacun pût nommer, sur mon accusation ainsi formulée, tous les gens de théâtre qui se drapent dans vos vêtements et vous courtisent avec succès ; votre tête, en terre cuite, discrètement voilée, dans le réduit du dernier philosophe, et enfin votre visage, fallacieusement candide, reproduit en miniature sur un feuillet du scabreux album de monsieur le Follet, qui n'est venu ici que pour vous embrasser et tenter, pour vous séduire, de vous mettre la main droite dans la main gauche, excité par les conseils d'un Lutin qui aime trop le dégel, ou du dangereux dragon gardien de la toison d'or, auquel il faudra interdire l'escrime surnaturelle et prodiguer les voluptés cassantes du sommeil, quand les Argonautes auront voyagé sur le vaisseau parlant. On assure encore, créature profane ! que les artistes, surtout ceux qui sont romantiques, ne vous ont pas toujours représentée d'une façon conforme aux conditions de costume inventées par une louable civilisation. Que dois-je penser, je vous prie ? Je reconnais que la pénombre du clair de lune classique représente la lumière des Génies que les ternes écoliers imitent, comme l'écho répercute une cantilène, ce qui permet aux spectateurs myopes de confondre la grimace de ces comédies maussades qui sont des tragédies manquées, avec le sourire de feu la reine des joies aimables ; et je ne vous interdis pas les eaux de Jouvence, puisque la chaleur de notre atmosphère est accablante ; mais cette température, jointe à l'horreur des palettes décolorées par le très honnête pinceau des copistes, ne vous justifierait pas d'avoir posé pour vos amants, avec une sobriété de toilette, qui n'est même pas permise à la fée Vérité dans les petites villes de province.

— Ce n'est pas ma faute, répondit Libertas, si mon absence n'a servi qu'à me populariser chez les classiques et les romantiques, où l'on aime tant ce jeu d'échecs appelé vulgairement jeu de coquetterie, et à faire idéaliser ma personne. Mais je n'ai pas cessé d'être vertueuse, mon père.

— Puissant conducteur des nations éclairées, dit le Follet suppliant, daignez vous apaiser, et pardonnez-moi de vous avoir offensé par ma tentative de réalisme. Je m'engage sur l'honneur, puisque vous y voyez de loin. à ne jamais embrasser votre fille sans votre permission ; et je me retire en vous priant de m'indiquer ma route, car, sous l'influence d'un premier et indomptable élan d'amour, j'ai commis la faute de congédier mes conducteurs.

— J'y consens, audacieux nourrisson de l'éther, repartit le Génie, en suivant le Follet, qui sortit après avoir regardé Libertas avec des soupirs et des poses de chérubin. Vous êtes venu, continua-t-il, par le désert sablonneux mais apocryphe, où les Dryades pleurent errantes, autour des palmiers, et où les enfants de mon lion sont aussi nombreux que les oasis sont rares ; si vous ne craignez pas le mal de feu maritime, vous pouvez retourner chez vous sur un océan de flammes à flux et reflux, où vous rencontrerez des Ondins, des Ondines et des Tritons dévoués à ma fille, que je vous défends de revoir. Vous trouverez sur le rivage, qu'on aperçoit d'ici, une barque à laquelle est attelé un gallinacé panaché, — c'est peut-être une perdrix rouge, — qui, rapidement, vous conduira par la natation du vol à la tour de l'ensorcellement et du fruit défendu, en évitant les écueils de l'abîme ardent, car les Néréides y sèment leurs piéges. Puisse, pour ma vengeance, la tour être démolie ce soir par un caprice de la Fantaisie, l'ennemie systématique des réalistes, ou s'écrouler sur vous! »

Articulant ces mots, il serra non sans une invincible et honorable rancune la main du Follet, qui se dirigea préoccupé vers la barque.

« Je ne croyais pas, pensait-il, qu'il existait des boudoirs où les filles de quinze ans sont aussi vertement gardées. Ah! la belle découverte dont le Lutin m'a gratifié! Mais si je me marie avec la fée Libertas, à la façon des Gobelins, mes émules de la classe du triolet, je crains que le beau-père et son lion-fauve, soi-disant muselé, n'aient quelquefois l'humeur épineuse. »

Paris. — Typ. de Ch. Meyrueis, rue Cujas, 11. — 1866.